고양이처럼
살아보기

"나는 몇몇의 수행자들과 함께 살아보았다
—그들 모두는 고양이었다."

에크하르트 톨레 Eckhart Tolle

고양이를 사랑하는   에게 드립니다.

고양이처럼
살아보기

앨리슨 데이비스

매리온 린지 그림 | 김미선 옮김

책/이/있/는/풍/경

시작하며

고양이는 우리에게 끊임없이 영감을 준다. 길고양이 두 마리를 입양한 후에야 나는 그 사실을 깨달았다. 미니(Minnie)와 허니(Honey), 내가 이런 명문을 읊어대도록 마법을 부린 녀석들. 내가 이 아이들에게 푹 빠질 거라는 것은 진즉에 알고 있었다. 하지만 그에 못지않게, 나는 두 녀석 모두에게 많은 것을 배웠다.

얼마 전에 미니(순전히 몸의 크기 때문에 이런 이름이 붙었다)가 뒷마당에서 개의 공격을 받은 적이 있었는데, 그때부터 내 본연의 모습을 찾는 진정한 여

정이 시작되었다. 미니는 장기 파열과 척추 골절로 살아날 가망성이 25퍼센트밖에 되지 않는다는 말을 들었고 도저히 좋아질 것처럼 보이지 않았다. 하지만 우리 미니는 불굴의 투사였다.

극진한 보살핌과 물리치료, 그리고 고양이 수호신에게 보냈던 기도가 응답을 받은 것인지 미니의 상태는 점점 호전되었다.

이제 녀석은 더 이상 걸을 수 없게 되었지만 자기만의 독특하고 재빠른 끌기 기술을 터득했다. 이제 미니는 놀이를 하고, 기어오르고, 또 허니를 쫓아다닌다. 그리고 이 두 녀석은 나에게 사랑의 힘과 활기 넘치는 태도, 그리고 고양이 특유의 투지가 얼마나 강인한 것인지를 알려주었다.

이 책은 나의 두 고양이와 세상의 모든 고양이들(그리고 고양이들을 너무나 사랑하는 사람들)을 위한 책이다. 또한 우리의 털북숭이 친구들을 조금 덜 좋아하는 사람들을 위한 책이기도 하다. 그게 바로 당신이라면, 당신의 마음에 고양이의 매력이 조금이라도 스며들 수 있기를.

모두들 고양이와
한층 더 가까워지고
행복하기를!

차례

"고양이의 사랑보다 더 위대한 선물이 무엇이랴."

— 찰스 디킨스 Charles Dickens —

고양이 규칙

수 세기에 걸쳐 인간과 고양이는 끈끈한 유대 관계를 형성해왔다. 그 관계는 오랜 세월의 풍파에도 끊어지지 않고 건재해왔다. 고대 이집트인들은 고양이를 숭배했고, 고양이가 죽으면 존경의 뜻을 담아 온 가족이 눈썹을 밀었다고 한다. 말레이시아 고양이는 죽은 자의 영혼을 낙원으로 데리고 가는 막중한 임무를 맡고 있다고 여겨졌다.

일본에도 마네키네코로 잘 알려진 복고양이가 있는데 이 고양이에 대해서는 전해 내려오는 이야기가 있다. 길을 지나가던 한 영주에게 고양이가 다가와 앞발을 들어 보였다. 그런데 그 모습이 마치 자기에게 절 안으로 들어오라며 손짓하는 것 같았다고 한다. 그때 마침 벼락이 내리쳤는데 영주는 이 고양이 덕분에 위기를 모면할 수 있었다. 오늘날 이 영리한 고양이를 본떠 만든 모형을 여기저기서 볼 수 있다. 사람들은 그 고양이가 평생 동안 행운과 성공, 행복을 가져다주리라고 믿는다.

이렇게 매력이 넘치는 고양이 친구와 우리가 언제부터 함께했는지에 대해서는 의견이 분분하지만 우리가 고양이에게 보내는 열정이 현재 진행형이라는 사실만은 확실하다. 우리는 그들을 바라보고, 우리는 그들과 함께 놀며 즐거움을 나눈다. 우리는 고양이를 가족의 일원으로 받아들이고 마음 속 깊이 소중하게 여긴다. 그리고 우리는 그들이 삶을 대하는 자세에서 많은 것을 배운다. 고양이만의 행동 방식과 오늘을 즐기는 능력은 어떻게 하면 우리가 순간순간을 최고로 멋지게 보낼 수 있는지를 정확하게 보여준다. 지금 당장 양말을 쫓는 놀이에 뛰어들지, 혹은 닭고기 한 점을 낚아챌 준비를 할지 고양이들은 언제나 아주 잘 알고 있다.

고양이는 유연하면서 동시에 언제든 자기 길을 똑바로 걸어갈 준비가 되어 있다. 그래서 녀석들은 놀이의 중요성을 알면서도 나머지 일과를 공평하게 나눌 줄 안다. 그런 그들의 신념 덕에 '털북숭이 수행자'라는 별명도 썩 어울리는 것이다.

이제 아홉 가지 주제로 들어갈 것이다. 이 책을 통해 어떻게 하면 고양이처럼 행복하고 건강하게 지낼 수 있는지, 그리고 어떻게 하면 고양이를 '좋아하게' 될지 깨닫게 될 것이다. 중간 중간 실용적인 팁과 연습이 곁들어져 있고, 우리의 고양이 구루에 대한 옛이야기와 재미난 사실들이 곳곳에 배치되어 있다.

그러니 편안하게 늘어진 자세로 앉아서 고양이처럼 살아보기의 미학을 한번 배워보시길!

"나는 몇몇의 수행자들과 함께 살아보았다
—그들 모두는 고양이었다."

에크하르트 톨레 Eckhart Tolle

Part 1

냥이 명상법

지금 이 순간에 존재하기

고양이가 몇 시간이고 멍하니 앉아 있는 모습을 본 적이 있는가? 마치 휴식을 취하고 있는 부처님처럼 우리의 고양이 친구들은 내면의 평화라는 비법을 이미 터득하신 듯하다. 녀석들은 순간을 살며, 기꺼이 마음을 비우고 그들 주변의 환경을 받아들인다.

지금 이 순간 고양이의 눈을 가만히 들여다보면 고요한 물결이 밀려들어올 것이다. 고양이의 눈을 지그시 바라보면 요정이 사는 다른 세계를 엿볼 수 있다고 옛사람들이 믿었던 것도 전혀 놀라운 일이 아니다!

영국에서 전해져 내려오는 이야기에 따르면 고양이의 눈은
영혼을 바라볼 수 있는 창문일 뿐만 아니라 이상한 나라의
왕과 왕비도 우리의 세상을 살짝 들여다볼 수 있는
문이라고 한다.

이 황당한 말을 믿든 안 믿든 자유지만 이것 하나만은 분명하다. 고양이가 멍하니 있을 때는 절대로 방해할 수 없다는 것. 이렇게 멍한 상태에서 고양이를 깨어나게 하는 것은 사실상 불가능하다. 녀석들의 발톱 공격을 당해낼 용기가 없다면 말이다. 녀석들은 눈 깜빡할 사이에 사색에 빠져든다. 주변에 무슨 일이 일어나든 개의치 않을 수 있는 그 특별한 능력 덕분이다. 그렇다고 속아 넘어가진 마시길. 고양이들은 주변에 무슨 일이 일어나고 있는지 다 알고 있고 만약 어떤 일이 벌어지면 재빨리 달려들 준비를 하고 있다. 마치 속임수에 능한 닌자처럼 아주 냉정한 모습으로 탁자 위에서 뛰어 내려와 정신을 바짝 차리고 대응할 것이다.

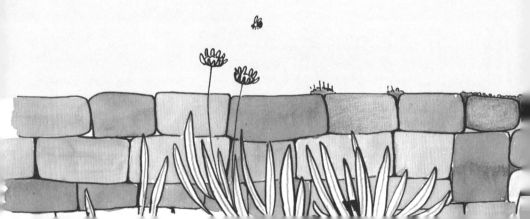

어떻게 그것이 가능할까? 사람도 고양이처럼 그런 놀라운 능력을 가질 수 있을까? 생각에 잠긴 고양이를 오랫동안 관찰해보면 한 물체에 시선을 고정한 채 온전히 집중하고 있다는 사실을 알게 된다. 마치 사냥꾼처럼 언제든지 공격할 만반의 준비를 하고 있는데, 이는 자기 주변의 환경을 정확히 꿰고 있다는 뜻이다.

새나 파리의 움직임을 뒤쫓든, 창틀의 벗겨진 페인트를 관찰하든, 고양이들은 게슴츠레 뜬 눈을 고정한 채 언제나 똑같이 진중한 자세를 잃지 않는다. 우리도 고양이처럼 눈동자를 모으고 연습해볼 수도 있지만 어디까지나 하던 일을 멈추고 모든 것을 달관한 태도가 따라주어야 한다. 그것이 고양이를 두고 수행자 같다고 하는 이유 중 하나다. 의식은 졸고 있을지 몰라도 무의식은 저 멀리의 세상을 느긋하게 감상하고 있다.

누군가는 그것을 명상이라고 부른다. 정신건강과 행복, 마음의 평화를 북돋아주기 위해 흔히들 이용하는 매우 효과적인 심리학적 방법이다. 고양이들은 태곳적부터 이 태도를 줄곧 견지해왔다. 고대 이집트인들이 고양이를 그토록 경외했던 이유 중 하나이기도 하다.

그들은 이렇게 마음의 평화를 보듬을 줄 아는 고양이의 신성한 능력을 알아보았고, 요 보잘것없어 보이는 고양이들을 신과 같은 위치로 격상시켰다.

멍하게 사는 즐거움

매우 긴장한 상태를 의미하는 'catatonic'에 'cat'이란 말이 들어가 있다는 건 참으로 어처구니없는 일이다. 사실 우리의 영리한 고양이 친구들은 '느긋하게 쉼'과 '주의 집중하기' 사이에서 무척이나 균형을 잘 맞추고 있는데 말이다. 이건 아무리 경험이 많은 수행자라 해도 좀처럼 쉽지 않은 일이다.

순간을 살면서 바로 지금 내가 있는 곳의 즐거움을 마음껏 누리는 삶을 누가 이토록 무시할 수 있단 말인가.

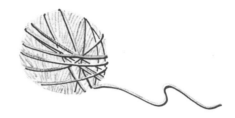

1단계

편안한 장소를 물색한다. 전망이 좋은 곳이라면 더욱 좋다. 아무에게도 방해받지 않는 곳이어야 한다.

2단계

나의 시선을 사로잡는 무언가를 지정한다. 예를 들어 꽃이나 나무 또는 어떤 건물이어도 좋다.

3단계

그저 편안하게 쉬면서 내가 고른 사물을 바라본다. 그걸 보면서 떠오르는 생각과 느낌을 있는 그대로 마음속에 받아들인다. 조금 산만해지려 해도 너무 걱정할 필요 없다. 그냥 다시 그것에 집중하면 되니까.

4단계

유독 눈길을 끄는 무언가가 있다면 그것에 주목한다. 예를 들면 꽃이 살랑 살랑 움직인다든지 하는 것들 말이다. 꽃이 어떤 모양으로 살랑거리고 있는가?

5단계

이제 나 자신에게 관심을 돌린다. 지금 이 순간, 어떤 느낌이 드는가?

6단계

숨을 들이마시고, 마음껏 즐긴다!

고양이처럼 ^{Tips} 살아보기

1

순간을 즐겨라

그냥 있기 놀이에 매일 5분만 할애하라. 당신이 어디에서 무얼 하고 있었든 하던 일을 멈추고 그 순간을 즐겨라. 지금까지 나에게 일어났던 일들 중에서 좋았던 것이라면 무엇이든 떠올리며 감사하라. 고양이들은 얼굴을 간질이는 부드러운 바람과 소파 뒤에서 솜뭉치를 쫓아다니는 일조차 감사해한다는 걸 명심하라. 부정적인 생각은 흘려보내자. 그런 것들은 쓰레기통에 휙 던져 뚜껑을 닫아버리고 남은 시간 동안에는 그냥 잊어버릴 것!

2

숨쉬기에 집중하나

스트레스를 받을 때는 잠시만 짬을 내어 숨쉬기에 집중해본다. 평소보다 더 깊이 들이마시고 길게 내쉰다. 내 이마 한가운데 고양이의 눈이 달려 있다고 상상한다. 고양이가 눈을 뜨며 주변의 모든 것을 흡수한다는 느낌을 가져보자. 걱정과 압박감은 뒤로 미뤄두고 눈앞에 놓인 것을 보고 느끼는 데만 집중력을 발휘하는 것이다. 그리고 그 눈에서, 그다음은 아예 머리에서 모든 걸 날려버리자.

3
꾹꾹이 체험

걱정되는 일이 있거나 혹은 무언가 통제가 안 되는 일이 있는가? 그렇다면 꾹꾹이를 해보자!

엄지손가락으로 각각의 손바닥에 5분 정도 원을 그리며 꾹꾹 마사지를 한다. 손바닥으로 전해지는 느낌에 집중한다. 몇 분 지나고 나면 마음이 안정되면서 편안해질 것이다. 굼뜨던 움직임도 훨씬 가벼워질 것이다. 다시 말해 고양이처럼 되는 거지!

4
내 안의 부처를 발견하라

주변 상황이 혼란 그 자체이고 지금 나에게 부처와도 같은 평온한 에너지가 시급하다면 고양이가 되었다고 상상해보라. 한 발짝 뒤로 물러서서 상황을 판단하는 것이다. 나의 눈을 거대한 문으로 삼아 안전한 위치에서 세상을 바라보는 척하라. 다만 여기에 아무런 감정이 들어가지 않아야 한다는 것을 염두에 둘 것. 그 상황 속에 있기보다 멀리 떨어져서 관찰하는 입장이 되는 것이다. 이렇게 하면 주변 상황이 내게 아무런 영향을 끼치지 않고 순간에 존재하는 것이 가능해진다. 또한 좀 더 객관적으로 상황을 볼 수 있고 효율적인 해결책을 찾게 된다.

5
고양이 바라기

당신이 고양이 집사든, 고양이를 사랑하는 사람이든 간에 잠시 짬을 내어 녀석들을 연구해보자. 명상에 잠겨 있는 고양이를 5분 정도 그저 바라보는 것만으로도 남은 하루는 스트레스에서 해방이다.

완벽하다옹!

"나는 고양이가 구름 위를 사뿐사뿐 걸을 수 있다고
장담한다. 아래로 빠지지 않고 말이다."

쥘 베른 Jules Verne

Part 2

유연하다옹

어디든 비집고 들어갈 수 있어

　고양이들은 유연하다. 마치 치약처럼 어떤 공간이든 비집고 들어갈 수 있다. 처음부터 녀석들을 위해 만들어진 물건이라는 듯 그 안으로 쏙 들어간다. 서랍이든, 어딘가의 빈틈이든, 먼지가 풀풀 날리는 구석이든 가리지 않는다. 고양이들은 곡예를 하듯이 빈 공간으로 자기 몸을 너끈히 쑤셔 넣는다.

　도전이 어려워질수록 고양이들은 더 좋아한다. 녀석들에게 비집고 들어가기는 우리의 극한 스포츠와 같이 흥미로운 것이며 고양잇과 올림픽의 필수 종목에 속한다. 창문 너머로 아슬아슬하게 뛰어내리기와 높은 곳에서 빤히 내려다보기와 함께 녀석들이 상위 랭킹을 차지하는 종목이기도 하다.

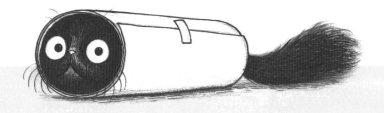

그런데 고양이들은 어떻게 이렇듯 균형 잡기와 몸 구겨 넣기의 전문가가 되었을까? 그건 그렇다 치더라도, 도대체 무엇 때문에 그런 일을 하는 것일까?

실제로 고양이들은 척추가 매우 유연하다. 그 때문에 뜀박질도 잘하고 네 발 착지에도 능숙하다. 이러한 능력은 타고난 호기심과 결합하여 시너지 효과를 일으킨다. 다시 말해 컴퓨터 뒤에 무엇이 숨어 있는지 궁금해하는 것뿐만 아니라 발길 닿는 곳이면 무엇이든 알아낼 수 있는 능력이 합쳐져 고양이의 재능에 불을 댕기는 것이다.

단언컨대 이것은 고양이들의 대단한 능력을 뒷받침해주는 그 신체적 유연성 때문만은 아니다. 그들에게 적응력이란 패배를 받아들이는 것을 의미하기보다는 목표에 다다를 때까지 어떠한 노력도 아끼지 않는다는 데 그 본질이 있다. 고양이들은 확실히 묘생의 면면에서 구부리기의 미덕을 잘 알고 있다. 무언가를 뚫고 들어가는 것은 불가능할지 몰라도 창의력을 발휘하여 그 주변을 돌고 돌아 결국 달콤한 크림을 차지하는 고양이, 당신도 고양이처럼 할 수 있다!

중세시대에 고양이들은 마녀와 한 패라고 여겨졌다. 놀라우리만큼 가벼운 몸놀림에다 달빛 아래서 자유자재로 형체를 바꾸는 그 능력 때문에 옛 사람들의 눈에는 매우 신비롭게 보였던 것이다. 지금 우리는 그들과는 생각이 다르지만 고양이 친구들이 지닌 유연한 재주는 여전히 경외의 대상이다. 고양이는 동물의 왕국 공식 발레리나라 할 수 있다. 녀석들은 상황에 따라 몸을 이리저리 구부릴 수 있다. 이렇게 우아하고 나긋나긋한 태도를 받아들일 수만 있다면 우리가 사는 이 세상도 팽팽한 긴장의 연속이 아닌 아름다운 한 편의 춤이 될 수 있을 것이다.

적응력을 높여봐

아주 오랜 시간 동안 인간들은 고양이라는 친구의 까다로운 기준을 맞추기 위해 많은 시행착오를 겪어왔다. 하지만 고양이들은 문제를 두고 야옹거리며 불평하느라 소중한 시간과 에너지를 써버리는 대신 그냥 적응한다. 그들은 체형과 겉모습, 습성을 바꾸고 환경을 받아들이고 또 최대한 활용하는 법을 배워왔다. 그런 적응력과 유연한 태도를 따라 하다 보면 우리 인간들도 어떤 상황에서든 '이기는' 방법을 찾을 수 있다.

EXERCISE
고양이처럼 유연성 기르기

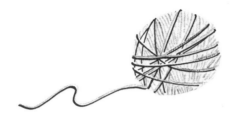

1단계

엉덩이 너비만큼 서서 어깨의 긴장을 풀고 고개를 살짝 위로 든다.

2단계

엉덩이 위에 손을 얹고 머리가 무릎에 닿을 정도로 천천히 몸을 구부린다.
숨을 깊게 쉬면서 몸이 이완된 상태를 유지한다.

3단계

천천히 몸을 일으킨다. 심호흡을 하고 두 손을 그대로 엉덩이 위에 얹은 채
서서히 뒤로 젖힌다. 부드럽게 스트레칭이 될 정도로 몸을 뒤로 뻗는다.

4단계

다시 서 있는 자세로 돌아온다.

5단계

두 손을 앞으로 들어 올려 머리 위 하늘을 가리키도록 팔을 쭉 뻗는다. 그 상태로 잠시 멈추었다가 크게 원을 그리며 손을 옆으로 내려놓는다.

6단계

"몸과 마음이 더 유연해졌네. 이제 나는 모든 일에 행복해하고 성공을 받아들이는 방법을 알게 되었어."라고 스스로에게 속삭인다.

고양이처럼 ^{Tips} 살아보기

1
문제와 해결책 만화 그리기

먼저 몇 개의 박스를 그린 다음 자신의 문제나 고민거리를 만화로 만들어보자. 위기의 정체, 즉 지금 내가 어디에서 막혀 있는 것인지 밝혀질 때까지 자신의 고민을 나열하며 글과 그림을 그려 넣는다. 이제 이것은 하나의 이야기이고 나는 작가가 되었다고 상상하자. 이 이야기를 어떻게 끝맺고 싶은가? 최선의 해결책에 가까워지기 위해서는 어떤 단계를 밟으면 좋을까?

만화를 계속 그려가면서 내가 선택할 수 있는 옵션들을 적어본다. 종이에 상황을 그려 넣고 이야기를 만듦으로써 작가인 당신은 객관적인 자세를 취할 수 있다. 나올 수 있는 모든 결과를 생각해볼 수 있으며 그것은 좀 더 유연한 접근을 가능하게 한다.

2

할 수 있다옹

  자신이 평소에 자주 말하는 단어의 목록에서 '할 수 없어'라는 말을 지워
버리자.

  대신에 그 자리를 '할 수 있어'라든지, 원한다면 '할 수 있다옹'으로 채
운다.

  내면에서 부정적인 목소리가 들려올 때마다 머릿속으로 '그만!'이라고
외치고 긍정적인 말을 꼭꼭 채워 넣자. 그렇게 하면 좀 더 열린 마음을 가
질 수 있고 매사에 유연한 접근과 '할 수 있다옹'의 태도를 지닐 수 있다.

3
고양이처럼 스트레칭하기

기회가 있을 때마다 양 팔과 다리를 쭉 뻗을 태세를 갖추자. 하루 중 대부분을 책상에 앉아 있다면 이 자세는 더욱 중요하다. 고양이들은 대부분의 시간을 꼼짝도 하지 않고 보내지만, 끊임없이 스트레칭을 하고 몸을 비틀면서 근육을 최상의 상태로 만들어놓는 것도 잊지 않는다.

4
변화가 필요해!

일상적인 생활에 조금씩 변화를 주자.

매일 규칙적인 일상에만 빠져 있지 말고 조금만 달리 해보는 것이다. 당신이 태어나서 처음으로 낯선 길을 탐험하는 고양이라고 상상해보라.

신나게, 그리고 자연스럽게, 평소보다 조금 일찍 통근 버스나 열차에서 내려 주변을 탐색한다. 새로운 가게에 들어가 커피를 사거나, 아니면 평소와는 다른 시간을 선택하는 등으로 조그마한 변화를 주는 것도 좋다. 이것저것 많이 해볼수록 낯선 상황에 맞닥뜨릴 때 더 빨리 적응할 수 있다.

5
균형 잡기

자신의 몸을 바로잡는 법과 그로 인해 몸에 어떤 영향이 있는지를 스스로 알아야 한다. 눈에 보이지 않는 실이 척추를 타고 머리끝까지 올라간다고 상상한다. 위쪽으로 자신을 쭉 잡아당긴다고 느끼면서 몸을 가볍고 우아하게 곧추세운다. 그동안 발은 균형을 유지할 수 있도록 바닥에 딱 붙여 놓아야 한다.

"우리 모두는 마음속 깊이 똑같은 충동을 느낀다.
고양이는 그 충동을 그대로 드러내는 용기를 지녔다."

짐 데이비스 Jim Davis

Part 3

캐티튜드 —
고양이와 같은 태도

네 멋대로 해라

고양이는 남들이 뭐라 생각하건 신경 쓰지 않는다.

고양이 집사라면 누구나 고개를 끄덕이겠지만 우리의 고양이 친구들에게는 예측 불가능한 무언가가 있다. 예상외를 예상한다는 말은 인간과 고양이 사이의 관계를 여실히 드러내주는 명문이기도 하다. 고양이들은 야생성을 타고났으며 그들만의 언어로 길들여졌다는 사실을 잊지 말자.

우리는 스스로를 갑이라고 생각하지만 그것은 어디까지나 우리만의 착각에 불과하다. 고양이가 갑이다. 고양이들은 애처롭게 야옹거리는 일이 얼마나 유용한지를 터득했다. 그들은 사람을 들었다 놨다 하는 데는 프로다. 녀석들이 큰 눈으로 말똥말똥 쳐다보면 우리는 어느 새 통조림 오프너를 들고 달려와 참치 캔을 따게 된다. 이 똑똑한 생명체는 일찍부터 본인이 내키지 않는 지저분한 일을 직접 하지 않아도 된다는 사실을 깨달았다. 이 아이들은 타고난 사냥꾼이면서도, 자기 값어치를 하는 고양이라면 굳이 개들처럼 멍멍 하고 짖을 필요가 없다는 것을 잘 알고 있다.

그들이 사냥을 선택했든 쓸모 있는 인간을 이용하기로 마음먹었든 거기에는 항상 본인이 원할 때에만 하겠다는 욕구가 전제되어 있다. 무책임하다는 것이 아니라 고양이 세계의 교리가 그러하다는 것이다. 녀석들은 그동안 사람들에게 사냥 기술을 가르치려는 부질없는 노력을 해왔다. 그것이 현재까지 이어져 문 앞에 자신이 사냥해 온 것을 가져와 보여주기도 하고, 주인이 사태 파악을 제대로 하지 못하면 발밑에 턱 갖다 놓기까지 한다. 사냥감이 죽었는지 살았는지는 상관없다. 이 사랑의 택배는 선물이기도 하고 자신의 솜씨를 한껏 뽐낼 수 있는 고양이만의 자랑거리이기도 하다.

고양이는 자신의 야성 본능을 따른다. 녀석들에게는 날카로운 발톱이 있고 그 무기를 사용하길 주저하지 않는다. 하지만 이것이 우리가 고양이를 사랑하는 이유 중 하나이기도 하다. 녀석들은 자유분방하다. 우리는 이를 존중하며 한편으로는 이런 야성적인 면을 무척 부러워하기도 한다.

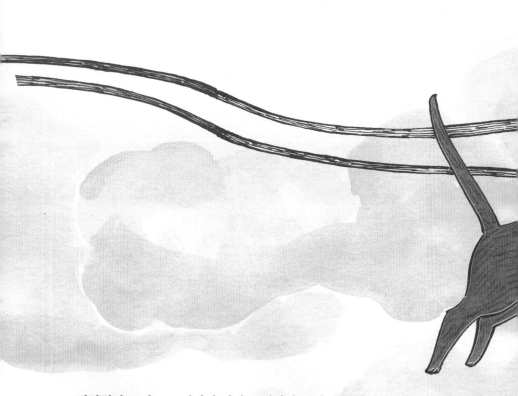

신화에서 보면 노르웨이의 여신 프레이야는 자신을 발할라까지 데려다 줄 용감한 전사의 영혼을 찾고자 하늘을 헤집고 다닌다. 그런데 프레이야 의 전차를 끈 것은 보통 예상하듯 말이 아니었다. 대신 그녀는 토르 신이 선 물해준 커다랗고 파란 고양이를 선택했다. 이 마법 같은 아이들은 프레이 야가 하늘을 일주할 때 동반자가 되어주었으며 전장에서도 내 집과 같은 편안함을 선사해주었다.

　유명한 영국의 설화 '왕이 된 고양이(King o' the Cats)'에 나오는 올드 톰은 고양이 왕이 세상을 떠났다는 소식을 듣자 주저하지 않고 자신의 안락한 집을 떠나 차기 왕의 자리에 오른다. 그는 즉흥적으로 굴뚝 위에 올라 새 삶을 시작한다.

　옛이야기가 말하려는 바는 분명하다. 고양이들은 동물 왕국의 슈퍼 스타라는 것이다.

고양이 같은 태도 취하기

모든 걱정을 바람에 날려버리는 것은 힘들다 해도 삶에 대한 접근 방법으로 '오늘을 즐기는 법'을 배울 수는 있다. 다음의 연습을 따라 해보며 일상에서 벗어나 마음속에 숨겨두었던 욕망에 좀 더 가까이 다가가 보자.

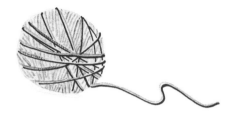

1단계

두 눈을 감고 산으로 둘러싸인 험준한 풍경과 탁 트인 평야, 저 멀리 떠오르는 태양 같은 것들을 떠올린다.

2단계

그러한 곳에 자신이 서 있다고 상상한다. 나는 여기에 있는 단 하나의 생명체, 이곳은 나만의 영역이다.

3단계

이제 멀리 뛰어가며 빠르게 속도를 높인다. 그렇게 온 힘을 다해 질주한다.

4단계

이제 절벽 끝으로 보이는 곳까지 다다랐다. 더 이상 갈 곳이 없지만 두렵지는 않다. 숨을 크게 들이쉬고 공중으로 휙 뛰어오른다.

5단계
바람에 내 몸을 맡긴다. 자유롭고 활기찬 기분을 느껴본다.

6단계
사뿐히 착지한다. 등 뒤로는 태양이 비추고 있다.

7단계
눈을 뜨고 "나는 내 야성을 받아들였어. 이제 난 무엇을 하든, 무엇을 선택하든 자유야."라고 속삭인다.

고양이처럼 ^{Tips} 살아보기

1

야성적으로

고대 이집트의 여신 바스트는 여성과 고양이를 보호하는 신이었으며 음악과 춤을 관장했다. 몸의 움직임과 고양이 사이에서는 아주 쉽게 공통점을 발견할 수 있다. 고양이들은 천방지축으로 날뛰고 순전히 재미와 즐거움을 만끽하려고 움직인다. 이런 점을 생각하면 춤이야말로 우리의 야성을 발산할 가장 좋은 방법 중 하나다.

가장 좋아하는 음악을 틀어놓고 비트에 몸을 맡겨보라. 자유를 만끽하며 노래가 나의 몸을 이끌어가도록 내버려 두라. 이렇게 하루에 딱 5분만 춤을 추며 보낸다면 우리는 언제라도 자유를 느낄 수 있다. 일상에서 보다 쉽게 재미를 찾을 수 있고 내 마음 가는 대로 행동할 수 있게 된다.

2
해보자!

자신의 단어 목록에 '해보자!'라는 말을 넣어둔다.

평소 같으면 받아들이지 않았을 아이디어나 초대를 거절하지 말고 용기를 내어본다. 일단 "해보자!"라고 외치고 나를 이끄는 곳을 바라보라. 고양이들은 기회를 놓치지 않는다. 모든 것을 적극적으로 바라보는 마음씨 덕분에 이 세상을 신기하고 모험이 가득한 곳으로 만들어낸다.

3
먹잇감을 향해!

그렇다고 쥐를 쫓아다니거나 살아 있는 생물을 해치지는 마시길. 사냥꾼으로서의 기품은 삶의 다른 면에도 적용할 수 있다. 예를 들어 이루고 싶은 꿈이나 포부를 다섯 개 정도 목록으로 만들어보자. 자그마한 성취와 원대한 목표를 함께 섞어도 좋다. 각각의 꿈에 한층 더 다가갈 수 있도록 자신이 할 수 있는 일 세 가지를 적어본다. 한 단계씩 밟고 올라가다 보면 사냥꾼인 당신은 먹잇감에 더욱 가까이 갈 수 있을 것이다. 다음 달 목표를 향해 해야 할 일을 꼭 하고 넘어간다.

경우에 따라서는 예상했던 것보다 더 많이 진전이 되어 정말로 꿈이 실현되기도 한다. 최고의 고양이 사냥꾼처럼 먹잇감에 눈을 고정하고 천천히 다가가자.

4
작가가 되는 시간

상상력을 발휘할 때 우리는 내면 깊숙이 희망과 욕망이 존재하는 마음의 세계로 들어가게 된다. 무의식이 이끄는 대로 행동하고 싶지 않다고 해도 마음속의 이러한 부분을 인정하는 것은 매우 중요하다. 균형 있고 조화로운 인간으로 만들어주기 때문이다.

내면의 예술적 기질을 발산함으로써 이 에너지를 받아들이자. 만약 그림을 좋아한다면 미술 수업을 들어본다거나 아니면 밖으로 나가 만나는 풍경을 그림으로 그려본다. 시적인 감수성이 넘치는가? 그렇다면 무엇이든 글로 적어보자. 노트를 들고 다니며 떠오르는 생각과 느낌을 시나 이야기로 만들어보는 것이다. 악기를 배워 자신이 작곡한 음악을 녹음해보는 것도 괜찮다. 그것이 무엇이든 자신의 상상력이 살아 숨 쉴 수 있는 공간이 되어준다면, 그 어떤 것을 선택하든 상관없다.

5

머리를 뒤로 젖히고 포효해봐!

이것은 하루를 시작하고 하루를 끝맺는 아주 좋은 방법이다. 아침이 되면 오늘 이루고 싶은 일이나 눈앞에 닥친 과제들을 모두 떠올려보라. 그리고 있는 힘껏 에너지를 끌어모아 힘차게 포효한다. 이로써 나머지 하루를 자신감으로 가득 채우는 것이다. 저녁이 되면 오늘 이룬 일이나 자신을 괴롭히는 스트레스, 걱정거리들을 떠올린다. 그다음 숨을 크게 쉬고 힘차게 포효하여 몸 밖으로 날려버린다. 작게 야옹거리든 사자처럼 으르렁거리든 상관없다. 지금은 모든 것을 세상에 풀어버리는 시간이다.

"고양이의 문제점이라면 나방을 볼 때나
도끼 살인범을 볼 때나
완전히 똑같은 눈을 하고 있다는 것이다."

폴라 파운스톤 Paula Poundstone

Part **4**

포기하지 않는다옹

처음에는 성공하지 못했다 해도……

주니족의 속담 중에 "어두워진 후 모든 고양이는 표범이 된다"라는 말이 있다. 어떤 면에서 고양이들의 집요한 정신력을 대변해주는 말이기도 하다. 모든 작은 고양이들의 내면에는 자유를 찾아 훌쩍 떠나고 싶어 하는 훨씬 더 큰 에너지가 숨어 있다. 먹잇감을 찾아 배회하는 이 육식 괴물은 무척이나 큰 야망을 지니고 있다.

그것이 누구에게도 길들여지지 않는 그들의 정신이며 우리의 친애하는 고양이들이 절대, 결코 포기를 모르는 이유이기도 하다. 벽을 타고 올라가려고 시도를 하든, 옷장 위를 뛰어오르든, 지붕 위를 올라가든, 일단 고양이들은 마음속으로 목표를 세우면 그 목표를 이루기 위해 수단 방법을 가리지 않는다. 고양이 사전에 실패란 없다. 나비 한 마리가 날아와 그들의 주의를 산만하게 할 때도 있지만 어쨌든 고양이는 자신의 길을 흔들림 없이 나아간다.

고양이들은 되돌아가는 법이 없다.

옛날부터 전해져 오는 이야기에 따르면 노아가 방주를 만들 때 금세 쥐들이 와서 우글거렸다고 한다. 절망에 빠진 노아는 신에게 해결책을 알려 달라고 기도를 드렸다. 다음 날 신의 답변이 도달했다. 사자 한 마리가 씩씩거리더니 재채기를 하자 코에서 작은 고양이 두 마리가 튀어나왔다. 요 거침없는 투사들은 방주에 있던 쥐들을 잽싸게 해치웠다. 녀석들이 중대한 존재감으로 떠오른 첫 번째 사건임에 틀림없다.

결과적으로 고양이는 육지까지 동물들을 인도하는 데 앞장섰다는 커다란 영예를 안게 되었다. 고양이들은 그런 자신들의 업적을 잊어버린 적이 없다. 오늘날까지도 녀석들은 자신들의 가치를 잘 알고 있으며 이러한 자신감은 스스로를 끊임없이 채찍질하는 원동력이 된다. 다른 미물들이 (그리고 인간들 역시) 패배를 인정하려 할 때, 우리의 굳센 고양이 친구들은 해결책을 이끌어낸다.

만약 의심이 간다면 새의 움직임을 쫓는 고양이의 모습을 1분만 들여다 보라. 녀석은 바라보고, 기다리고, 움직인다. 자주 실패하긴 한다. 아무리 능수능란한 고양이라도 날 수는 없으니까. 그러나 무수히 실패하더라도 고양이가 포기하는 일은 없다. 앞서 한 실패는 잊어버리고 매일매일 또 다른 희망을 품고 도전한다. 'dogged'라는 단어가 종종 '투지'라는 말과 함께 쓰이면서 '개와 같은 자질을 갖추고 있는' 또는 '개처럼 끈질긴'이라는 의미를 표현한다는 것이 참으로 아이러니하다. 고양이처럼 의무감을 갖고 역경에 굴하지 않는 동물이 또 없는데 말이다.

용기와 고양이다움

　살면서 무언가 원하는 것이 있다면 고양이 친구들을 조심조심 따라가 보라. 필요한 것은 용기 한 줌과 고양이다움, 그리고 최선을 다하겠다는 마음가짐이 전부다. 처음에는 성공하지 못하더라도 "해보고, 해보고, 또 해보라." 목표에 완전히 다다르지는 못해도 그만큼 절실히 노력하게 되고 멋진 고양이들의 조언처럼 당신은 한층 더 강해질 것이다.

EXERCISE
'야옹이처럼' 굳세지기

1단계
바닥에 앉아 다리를 모으고 앞으로 쭉 뻗는다.

2단계
2분 정도 숨을 들이쉬고 내쉬는 것에 집중한다.

3단계
허벅지로 땅을 누르면서 몸을 길게 늘여 크게 숨을 쉰다.

4단계

숨을 내쉬며 "그래, 결심했어."라고 속삭이고 몸을 앞으로 깊게 숙여 자신의 발목을 잡는다.

5단계

다리 위로 머리를 지그시 누른다. 무리하지는 말 것. 편안히 숨을 쉬며 이 자세를 2분 정도 유지한다.

6단계

서서히 몸을 펴서 앉은 자세로 돌아온다.

7단계

큰 소리로 "난 결심했어!"라고 외친다.

8단계

일어서서 몸을 마음껏 흔든다!

고양이처럼 살아보기

1

자기 삶을 돌아보라

포기하고 싶은 기분이 들 때면 몇 분만 시간을 내어 지금껏 자신이 이룩한 가장 멋진 일들을 떠올려보자. 목록을 만들어 어린 시절로 되돌아가 보는 것이다. 성장 과정, 학교 다닐 때, 취직 같은 평범한 일들도 포함시킨다. 당신은 그렇게 스스로 자신의 인생을 만들어왔다. 하지만 여행은 아직 끝나지 않았다! 매일 저녁 1분 정도 시간을 내어 그날 이루어낸 놀라운 일들을 떠올리고 스스로를 칭찬하는 시간을 갖자.

2
꿈을 향해 점프

한 5분 정도 뛰어오르는 시간을 가져보라.

고양이들은 뜀박질을 좋아하는데 그 몸짓은 편안하고 활기차다. 고양이처럼 힘찬 몸짓과 에너지 넘치는 동작을 해보는 것이다. 처음엔 낮게, 그리고 점점 더 높게 뛰어오른다.

뛰어오를 때마다 목표를 더 높이 잡고 팔은 하늘을 향해 뻗는다. 이제 자신이 원하는 그림이라면 무엇이든 떠올려보자. 마음속에 소중히 간직해온 목표도 좋고, 살면서 어떤 분야에 성공하고 싶다는 꿈도 좋다. 목표를 이룰 수 있는 열쇠가 공중에 매달려 있다고 상상하라. 당신은 오직 그 열쇠를 잡아야만 한다. 점프를 할 때마다 자신의 꿈을 이룰 열쇠를 손에 쥐었다고 상상해보자.

3

내일은 내일의 태양이 떠오른다

지금껏 했던 일이 모조리 실패했다 해도 내일은 또 내일의 태양이 떠오른다. 다시 시도할 수 있는 또 다른 기회가 오는 것이다. 하루하루를 빈 페이지 대하듯 해보라. 그 페이지를 자신의 창의력으로 채워나가라. 새로운 모험을 떠나는 고양이처럼, 어디로 가고 무엇을 할지 스스로 선택할 수 있다.

현명한 고양이는 어려움을 극복하는 데 프로라는 사실을 기억하시길. 긍정의 힘으로 매일 새로이 자신을 내맡기는 걸 더 좋아한다고!

4
난 할 수 있어

어려움이 닥칠 때마다 "난 할 수 있어."라는 말을 단호하게 반복한다. 큰 소리를 내어도 좋고 머릿속으로만 말해도 좋다. 열정을 담아 거울 앞에서 매력을 뿜어내듯이 속삭여보자. 할 수 있다는 말을 반복할 때마다 어떤 일이든 해낼 수 있다는 믿음이 생겨날 것이다.

5
심호흡하기

고양이들이 마음을 흩트려놓는 일들을 그대로 내버려 두는 이유가 있다. 녀석들은 때로 신경을 끄고 다른 일을 함으로써 감각을 다시 일깨워줄 필요가 있다는 걸 알고 있다. 어떤 일이 감당하기 힘들 때, 일이 잘 풀리지 않을 때는 도망치지 말고 숨을 깊이 들이마시자. 그리고 기분 전환을 해보자. 산책을 하든 아니면 그냥 다른 장소로 가서 숨을 한 번 깊게 들이마셨다 내뱉어 보라. 그러면 몸이 새로운 에너지로 충전되고 머릿속이 깨끗해지면서 부정적인 생각의 고리를 끊어버릴 수 있다.

"고양이는 어디서든 잘 수 있다.
테이블이든, 의자든, 피아노 위든, 창틀이든, 열린 서랍장이든,
신발 속이든, 누군가의 무릎 위에서든."

엘리너 파전 Eleanor Farjeon

Part 5

고양이 낮잠 규칙

고양이와 낮잠

　고양이와 잠은 떼려야 뗄 수 없는 관계다. 치즈와 비스킷같이, 그 둘은 알맞은 퍼즐 조각처럼 꼭 들어맞는다. 이 완벽한 조합을 보고 있노라면 제아무리 무뚝뚝한 마음을 가진 사람이라도 부드럽게 녹아내리고 가슴속에 편안한 따스함이 피어오른다.

꿀팁

스트레스에서 좀처럼 벗어나기 어렵다면 꾸벅꾸벅 졸고 있는 고양이를 물색해보자. 잠자고 있는 녀석의 아름다운 자태를 바라보고 있노라면 지금 당장이라도 소파로 뛰어들지 않을 수 없을 것이다.

하지만 이것 하나만은 분명히 하자. 고양이들이 잠을 많이 자긴 하지만 (어떤 경우 최대 열여섯 시간이나 자기도 한다) 그것은 녀석들이 게을러서가 아니다. 고양이의 모험심 가득한 정신력은 깨어 있을 때 엄청난 두뇌 능력과 상당한 체력이 요구되는 중요한 활동에 집중한다. 고양이에게 잠은 사치가 아니라 없어서는 안 될 삶의 필수 요건이다. 깨어 있을 때 전력을 다할 수 있는 힘을 주기 때문이다.

여기서 제시하는 고양이의 낮잠 규칙은 명확하다. 잠을 자야 한다면 그대로 잠들어 버리라는 것. 그러면 정말로 어디서든 잘 수 있다! 그 예리한 눈을 순식간에 끔벅끔벅할 수 있는 놀라운 능력은 우리 고양이들이 숱한 세월에 걸쳐 단련해온 것이다. 녀석들의 조상은 들판에서나 외양간에서 잠 잘 곳을 찾았지만 오늘날의 고양이는 좀 더 기발해졌다. 누가 벗어놓고 간 신발? 몸을 구겨 넣고 낮잠 자기에 안성맞춤인 침대지! 빨랫줄? 해먹 대용으로 안전하면서도 나의 왕국을 내려다볼 수 있는 멋진 곳이야! 양말 서랍? 어떤 모양이든 자유자재로 만들 수 있는 양털 매트리스가 깔린 아주 세련된 공간이지!

매우 고귀하며 우리들의 존경을 독차지하는 고양이라 할지라도 잠잘 시간이 오면 녀석들은 더 이상 으스대지만은 않는다. 녀석들은 어떤 공간이든 평화로운 안식처로 만들 수 있다.

고양이는 오수(午睡)의 달인답게 4분의 3은 잠깐 눈을 붙이는 정도로, 나머지는 깊이 잠을 자는 것으로 낮잠 시간을 나눈다. 녀석들은 낮잠을 잘 자는 것이 얼마나 중요한지 잘 알고 있다. 고양이들에게 좋은 낮잠이란 완전히 휴식을 취하면서도 재미있는 일이 있으면 하나라도 놓치지 않으려고 긴장을 늦추지 않고 있는 것이다! 그러다가 깊이 잠들 땐 꿈을 꾸기도 한다. 가끔 고양이의 수염이 빠르게 씰룩거리는 것을 보면 알 수 있다. 사람과 마찬가지로 고양이의 뇌도 잠자는 시간 동안 그날의 중요한 일들, 예를 들어 울타리의 구멍 같은 것들에 대해서 정리하는 시간을 갖는다.

사람과 고양이가 다른 점이라면 고양이는 낮잠 시간을 편안하게 받아들인다는 것이다. 고양이에게 눈을 껌벅거리는 일은 언제나 아무 거리낄 것 없는 일상적인 활동 중 하나일 뿐이다.

고양이처럼 낮잠 자기

우리는 하루에 열여섯 시간이나 잘 수는 없지만 우리의 털북숭이 친구들로부터 아주 중요한 교훈을 얻을 수 있다. 고양이처럼 낮잠 자기는 우리의 남은 하루를 아주 활기차게 만들어줄 것이다. 고양이에게 개박하를 주었을 때처럼!

EXERCISE
깨어 있으면서도
휴식을 취하는 방법

1단계

마음속으로 10부터 0까지 거꾸로 숫자를 센다. 숫자를 하나씩 세어갈 때마다 몸이 편안해지는 것을 느껴본다.

2단계

10, 눈이 편안해지며 마음이 여유로워진다.

3단계

9, 입 주변이 편안하고 부드러워진다.

4단계

8, 목 근육이 이완된다.

5단계

7, 어깨의 힘이 빠지는 것을 느낀다.

6단계

6, 배 속이 편안해진다.

7단계

5, 팔 근육의 힘이 빠지는 것을 느낀다.

8단계

4, 등이 부드럽게 풀린다.

9단계

3, 다리가 편안하게 이완된다.

10단계

2, 발목이 유연하게 풀어진다.

11단계

1, 발 근육이 부드러워진다.

잠시 숨을 쉬고 나서 몸과 마음이 잠을 잔 것처럼 느긋해지는 기분을 몇 분간 느껴본다.

고양이처럼 살아보기

Tips

1
조금만 천천히

마음이 요동치는 일이 있다면 조금만 천천히 가라앉히고 집중 훈련을 통해 마음을 차분하게 만들어보자. 맞은편의 벽이나 바닥의 한 지점을 바라본다. 해야 할 일은 그저 응시하는 것뿐이다. 색깔에 집중하고 눈에 들어오는 것을 그대로 받아들인다. 그 지점에 완전히 빨려 들어가 자신이 더 이상 이 세상에 없다고 상상한다.

2분 정도 유지하며 평화의 시간을 가진 뒤 준비가 다 되었다는 생각이 들면 점에서 빠져나와 다시 현실로 복귀한다.

2
취침 의식

취침 의식에 들어가자. 고양이처럼 푹 잠들 수 있도록. 적어도 한 시간 전에는 모든 전자 기기(휴대폰, 아이패드, 노트북 등)의 전원을 꺼둔다.

라벤더 오일로 이마와 발바닥을 마사지한다. 방은 잠들기 좋도록 환기를 잘 시키고 어둡게 해놓아야 한다. 잘 정돈되고 조용한 상태를 만든다.

3
자연스러운 리듬

자신의 자연스러운 생체 리듬에 대해 배워보자. 고양이들은 휴식의 중요성을 잘 알고 있다. 녀석들은 몸의 소리에 귀를 기울일 줄 안다. 그리하여 원기를 회복하고 다시 에너지를 채워야 할 시간을 그대로 수용한다. 기분이 울적하거나 몸이 아파 괴롭다면 휴식을 취하고 몸의 밸런스를 맞출 시간이 된 것이다. 가만히 앉아 몸이 들려주는 소리에 주의를 기울여보자.

4
잠들기

잠들기 전에 나의 편안한 잠을 이끌어줄 긍정적인 말, "나는 건강하게 잔다. 내 몸 구석구석은 편안해지고 원기를 회복한다."를 아홉 번 되뇐다.

5
스트레칭

　잠자는 고양이를 관찰해보면 잠을 자는 동안 꽤나 자주 몸을 쭉 뻗으며 스트레칭을 한다는 걸 알 수 있다. 등을 구부렸다 폈다 하면서 말이다. 이렇게 하면 팔다리가 유연해지고 관절과 근육이 편안해진다. 중간 중간 몸을 부드럽게 움직이면서 스트레스를 날려버리고 편안한 잠자리를 만들어보자. 손을 뻗어 발가락에 닿게 하거나, 양옆으로 몸 구부리기, 또 어깨 돌리기 등의 단순한 동작만으로도 몸은 보다 유연해지고 생기로 가득해지며 또한 근육통을 완화할 수도 있다.

"수많은 철학자들과 많은 고양이를
연구해왔지만 고양이의 지혜야말로
그중 으뜸이다."

이폴리트 텐 Hippolyte Taine

Part **6**
수염에서 나오는 지혜

육감을 이용해봐

우리 조상들이 고양이 친구들을 경외의 대상으로 바라보았다는 사실은 그다지 놀랄 일이 아니다. 그들은 고양이의 초자연적인 힘을 믿었다. 저 멀리서 눈을 반짝이고 있는 고양이를 한번 관찰해보라. 고양이에게는 우리의 능력이나 이해력으로는 도무지 알 수 없는 어떤 감각이 있다. 고양이는 참으로 신비로운 존재다. 녀석들은 마치 유령이라도 보는 것처럼 눈에 보이지 않는 무언가를 가만가만 응시한다. 정말 유령이 보일 수도 있고 그냥 누군가의 추측에서 나온 상상의 산물일 수도 있다. 누가 뭐라 해도 고양이들이 자신의 직감에 의지한다는 것만은 확실하다. 녀석들은 초자연적인 능력으로 아주 작은 움직임이나 소리도 포착할 수 있다. 고양이들은 종종 우리가 우산을 집어 들기도 전에 대기와 날씨의 변화를 알아차린다.

전해져 내려오는 이야기에 따르면, 고양이가 얼굴과 귀를 씻으면 비가 올 징조라는 뜻이며, 발톱으로 카펫을 할퀴는 데 열중하면 머지않아 바람이 불어온다고 한다.

　선원들은 자신들의 운수를 점치는 데 고양이를 이용하곤 했다. 고양이들이 시끄럽게 굴면 항해에 애로가 많이 따를 테지만, 활발하게 놀고 잠도 잘 자면 순조로운 항해가 될 것이라 믿었다.

　녀석들의 신묘한 능력은 일기예보에서 그치지 않는다.

세계 각지에 걸쳐 고양이들은 미래를 예측하는 데 활용되었다. 초기 아메리카 개척자들은 고양이들의 씻는 버릇에 유독 집중했다. 고양이가 몇몇 사람들 앞에서 연달아 얼굴을 씻으면, 그중에서 그 모습을 가장 처음 본 사람이 곧 결혼하게 된다는 것이었다.

재채기도 예언의 일종으로 여겨졌다. 대부분의 문화권에서 고양이가 재채기를 하면 곧 비가 오거나 뜻밖의 횡재를 얻는다고 믿는다.

미신을 믿는 사람이든 과학적 접근을 선호하는 이들이든 간에 고양이는 수 세기에 걸쳐 사람들을 매혹시켜 왔다. 너무나 우아하면서도 종잡을 수 없는 행동을 하는 고양이는 여전히 우리에게 풀고 싶은 수수께끼의 대상이다. 눈앞에 닥친 위기를 감지하는 직감 능력을 오랜 세월 갈고 닦은 덕에 이 신비한 생명체는 그 밖에도 또 다른 재능을 지닌 것처럼 보인다.

신체적으로 고양이는 어둠 속에서도 잘 볼 수 있고, 인간보다 두 배 정도 냄새를 잘 맡을 수 있으며, 수염으로 공기의 미세한 진동도 느낄 수 있다. 고양이는 이러한 능력을 바탕으로 주변 환경을 읽어나간다. 이러한 특별한 능력은 눈에서 빛나는 평온한 인지적 감각과 합쳐져, 고양이들이 정말 최고로 멋지고 우리에게 도움을 주는 영물이라는 사실을 납득시키기에 충분하다!

수염의 지혜

아쉽게도 우리는 고양이와 똑같은 신체적 특징을 지니고 있지는 않다. 그러나 사람들이나 주변 상황을 읽는 직감적 기술을 향상시킬 수는 있다. 그리고 고양이 친구들에게 배움으로써 올바른 결정을 내릴 수 있는 능력도 키울 수 있다.

EXERCISE
직감에 다가가기

1단계
조용한 곳을 찾아 자리에 앉은 다음 보라색 양초에 불을 켠다.

2단계
눈을 감고 양 손바닥을 배꼽과 가슴뼈 사이에 올린다.

3단계
숨을 크게 들이마시며 몸이 밖으로 팽창하는 것을 느낀다.

4단계

몸 안이 따뜻하게 데워지는 감각을 손을 통해 느껴본다.

5단계

편안히 쉬면서 마음 가는대로 내버려 둔다. 머릿속으로 들어오는 어떤 생각이나 형상을 의식한다.

6단계

눈을 뜨고 기억나는 것을 모두 적어본다. 단어, 감정, 색깔, 패턴, 그림 등. 이것은 당신의 직감이 만들어낸 언어들이다.

7단계

매일 이렇게 연습하자. 특정 문제가 있다면 그 문제에 집중한다. 마음속에서 해답이 떠오르도록 그대로 둔다.

고양이처럼 살아보기

1

세 번째 눈을 떠봐

세 번째 눈이란 초자연적 능력과 직관을 아우르는 차크라를 말하는데, 이는 이마 가운데에 놓여 있다고 한다. 이 에너지의 공을 활성화하기 위해 그 자리에 자수정 빛깔의 커다란 고양이 눈이 있다고 상상해보자. 위쪽으로 금빛 광선을 쏘며 눈이 완전히 열린 모습을 마음속에 그려본다. 그리고 내 안에 있는 직관적인 통찰력을 깨운다.

2
신호를 읽는 방법 배우기

고양이처럼 우리도 좋은 일이 일어나면 본능적으로 알아차릴 수 있다. 속이 따뜻해져 온다고 느낄 때도 있고, 척추를 타고 얼얼한 느낌이 들 때도 있다. 우리는 뭔가 나쁜 일이 일어날 때에도 쉽게 알아차린다. 속이 타는 듯한 느낌이나 조여오는 느낌이 들 때도 있다. 그런데 유감스럽게도 우리는 고양이와 달리 그 신호를 제대로 인지하지 못한다. 그러니 각기 다른 상황에서 일어나는 몸의 반응과 그때마다 제대로 알아차릴 수 있는 방법을 익혀두자.

우리의 몸은 감정의 척도라는 것을 유념하기 바란다. 우리 몸은 긍정적 에너지와 부정적 에너지를 모두 느끼며 뇌로 은근한 메시지를 보내어 올바른 결정을 하도록 돕고 있다.

3
꿈을 이용하라

　밤이 되면 의식은 무의식으로 넘어가고, 이로 인해 우리는 종종 자는 동안 그날 일어났던 일과 문제들을 해결하기도 한다.

　잠재의식은 직관적 감각과 바로 연결된다. 따라서 직관을 관장하는 기관을 활용하면 매우 큰 효과를 볼 수 있다. 꿈을 꾸고 나서 기억나는 것을 모두 기록한다. 말도 안 되는 꿈이라 해도 그때 받았던 느낌이나 생각나는 단어나 이미지, 상징 등을 모두 곰곰이 떠올려본다.

　이렇게 하면 직관적 통찰 능력을 가질 수 있는 발판을 마련할 수 있다. 좀 더 익숙해지면 중요한 신호나 상징을 형상화하여 그것이 의미하는 바가 무엇인지도 알게 될 것이다.

　한 걸음 더 나아가 잠들기 전에 하나의 지침을 만들어놓자. 무의식에 당신의 문제를 완전히 내맡겨라.

4
나와 타인에게 주의를 기울이기

우리는 타인의 충고를 무시하거나 증거를 얼버무리기 쉽다. 그것이 바로 우리 눈앞에 있어도 말이다. 그러나 우리의 고양이 친구들은 다르다.

고양이는 자신을 둘러싼 환경을 지속적으로 의식한다. 목소리 톤이나 냄새, 자세, 얼굴 표정으로부터 실마리를 얻어 요리조리 탐색한다. 녀석들은 누군가에 대한 판단을 내리기 전에 이러한 정보를 한 데 모은다. 이어서 다른 이들과 소통할 때의 표정이나 톤, 목소리 상태, 여타 몸짓으로 전달하는 언어 등을 염두에 둔다. 그렇게 함으로써 공감 능력을 끌어올릴 수 있고 타인과 보다 쉽게 소통할 수 있다.

5
균형 있고 청아하게

호랑이 눈처럼 빛나는 조그마한 호안석을 주머니에 넣고 다니자.
이 사랑스러운 돌은 우리 몸을 균형 있고 청아하게 해주며 또한 자신의
직관을 믿고 고양이처럼 행동하게 만들어줄 것이다!

"나는 고양이들이 기분 좋을 때 내는
가르랑거리는 소리를 신뢰한다.
사람의 말보다 더욱."

윌리엄 랠프 잉 William Ralph Inge

Part 7

가르랑가르랑 —
'완벽하다옹'을 찾아라

가르랑거리는 방법 배우기

가르랑거리는 고양이를 보고 있노라면 언제나 즐거운 기분이 든다. 오늘 어떤 일이 있었든, 어떤 문제와 맞닥뜨렸든 이 단 하나의 소리로 기분이 한결 좋아질 수 있다. 평온한 온기가 온 몸에 전파되는 이 소리는 고양이와 인간 사이에 순식간에 전달되는 행복하고도 심오한 감정이다. 종종 미소와 비견되는 가르랑 소리는 대개 이런 뜻을 품고 있다.

"흡족해. 행복하고. 그리고 여기 참 마음에 들어."

하지만 고양이는 영리한 동물이라는 것을 잊지 말자. 녀석들은 '가르랑' 소리를 내면 우리들이 무언가 반응을 한다는 것을 알게 되었다. 그것은 우리가 너무나 듣고 싶어 하는 소리다. 그래서 고양이들이 배고프거나 도움이 필요할 때 사람의 이목을 끌 수 있는 아주 훌륭한 도구가 된 것이다. 똑똑한 고양이들은 이 소리를 어떻게 최대한으로 활용할 수 있는지도 잘 알고 있다. 과학자들은 고양이 울음소리가 아기 울음소리와 별반 다르지 않으며 그것이 사람들의 빠른 반응을 이끌어낸다고 말한다. 접시 같은 눈망울로 애처로운 표정까지 지으면 바로 성공이다. 그러면 주인이 곧바로 우쭈쭈 하며 자신의 모든 것을 내어줄 테니.

단지 가르랑거리는 소리에 지나지 않지만 여기에 또 다른 능력이 있다는 사실! 한 연구에 따르면 20에서 140메가헤르츠 사이로 울려 퍼지는 빽빽한 진동은 치료 효과가 있다고 한다. 이 진동은 인간과 고양이 모두에게 골절이나 인대 및 근육 손상을 치유하는 데 도움을 준다고. 또한 부기를 가라앉힐 수 있고 감염에 대항하는 능력도 길러주는 것으로 알려져 있다.

우울하다고? 가르랑거리는 고양이와 조금만 시간을 보내보라. 그러면 곧바로 힘이 솟아날 것이다. 연구 결과 고양이를 키우는 사람은 심장마비 발병률이 최대 40퍼센트나 줄어든다나!

가르랑은 진정 고양이의 비밀 무기나 다름없다. 아픈 곳을 치유하고, 진정시키며, 곳곳에 사랑을 퍼뜨린다. 그것은 우리의 고양이 친구들이 자신을 표현하기 위해 선택한 것이며 주변의 모든 이들에게 기쁨을 나누어주기 위한 방법이기도 하다. 인간들은 종종 자신의 감정을 숨기며 남들에게 자신의 진짜 모습을 감추지만 고양이들은 그렇게 까다롭게 굴지 않는다. 열에 아홉은 우리가 보는 그대로이며 그 행복은 다른 이들에게 그대로 전해진다.

내 안의 가르랑을 찾아라

　당신이 어디에 살고 있는지는 중요하지 않다. 가르랑이라는 언어는 만국 공통어니까. 자기 자신 속에서 이렇게 기쁨을 표현하는 법을 알아내고 그 온기를 퍼뜨릴 방법을 배울 시간이다. 어떻게 하는지 모르겠다고? 이 세상에 살고 있는 고양이 친구들을 찾아 배워보자.

EXERCISE
가르랑거리는 방법!

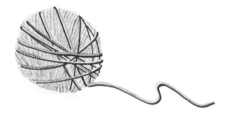

1단계

엉덩이 너비만큼 다리를 벌리고 서서 어깨 힘을 풀고 고개를 살짝 위로 들어 올린다.

2단계

가슴 위에 손을 얹고 몇 분 동안 조용히 숨을 쉬며 마음을 가라앉힌다.

3단계

천천히 넷까지 세며 숨을 깊게 들이마신다.

4단계

숨을 천천히 내쉬면서 "아아아아." 하고 소리를 낸다. 자신의 기쁨을 전 세계에 전파한다고 상상한다.

5단계

앞서 했던 과정을 기억하며 아홉 번 반복한다. 할 때마다 점점 더 큰 소리를 내야 한다.

6단계

폐가 수축하고 팽창할 때마다 가슴에서 울리는 진동과 따스함을 느껴본다.

7단계

준비가 되었으면 슬슬 운동을 마무리하며 이렇게 말한다.

"나는 만족과 기쁨으로 가득 차서 가르랑거리는 거야."

고양이처럼 살아보기

1

자신과 타인을 칭찬하기

고양이들은 자신의 감정을 주저 없이 드러낸다. 녀석들이 가르랑거린다면 지금 만족하고 있다는 뜻이다. 우리가 다른 이를 칭찬할 때에도 똑같이 할 수 있다. 지금 내가 행복하고 상대방이 그 기쁨의 일환이라는 것을 보여주는 것이다. 하루에 적어도 한 사람 이상 칭찬하겠다고 다짐하자. 상대방의 행동이나 모습, 그가 그날 성취해낸 것 등 그 무엇이라도 좋다. 자기 자신도 칭찬해줄 것. 오늘 잘한 일 하나를 콕 집어 큰 소리로 칭찬을 해주자!

(108페이지)

2
감사하기

"고맙습니다."라는 말을 입에 달고 살자. 신세를 진 사람들에게 고마워하고 나의 삶에 멋진 축복을 내려준 이 세상에 감사하자. 여기에는 털북숭이 녀석들도 포함이다!

3
나만의 테마곡을 찾아라

나의 테마곡을 찾아 큰 소리로 불러보자! 내 삶이 영화로 만들어지고 있다고 가정한다면 어떤 노래가 배경음악이 될까? 슬며시 미소 짓게 만들 수 있는 밝고 긍정적인 음악을 고르자. 머릿속에서 음악이 연주되고 있다고 생각하며 목청껏 노래를 불러본다. 한 곡 한 곡 부를 때마다 즐거움을 전파하는 동시에 내 삶에도 같은 즐거움을 끌어모은다고 상상하자. 기분이 울적할 때마다 머릿속으로 자신의 테마곡을 흥얼거리며 웃어보자고!

4
많이 웃어봐

우리의 후두 근육은 고양이처럼 아주 빠른 속도로 경련하지는 않는다. 대신 우리는 함박웃음을 지으며 상대방에게 동의의 마음을 표현할 수 있다. 아침마다 거울 앞에 서서 씩 웃어보자. 기분이 별로일 때도 말이다. 얼굴 표정을 한껏 부풀려보자. 그러면 뇌에서 금세 포착하여 정말로 기분이 좋아지게 된다. 일단 표정을 완벽하게 가다듬고 나서 밖으로 나가 다른 사람들 앞에서도 미소를 지어 보인다. 고양이의 가르랑거림처럼, 당신의 미소는 곧 다른 이들에게 전파되어 하루하루 놀라운 결과를 만들어낼 것이다!

5
친절하게 행동하기

친절한 행동으로 사랑을 나누어보자. 사람들에게 사려 깊은 행동을 해보자. 열린 문을 잡아주거나 다른 이들의 쇼핑백을 들어주는 일 등은 그저 소소해 보일지라도 아주 다른 결과를 가져온다. 다른 이들을 행복하게 해줄 뿐 아니라 자기 자신의 마음도 따뜻해질 테니까!

"집에 있는 것을 좋아하는 나는 고양이들을 사랑한다.
그리고 조금씩, 녀석들의 영혼이 보이기 시작한다."

장 콕토 Jean Cocteau

Part 8

순간을 즐기자옹

날마다 놀기!

고양이는 재미지게 노는 법을 안다. 녀석들은 '모임에 활기를 불어넣는 사람'이라는 말에 새로운 의미를 부여해준다. 아주 어린 고양이였을 적 처음으로 발걸음을 내딛을 때부터 고양이는 형제자매들과 뒹굴고 싸우며 논다. 이 털뭉치 녀석들은 놀기 위해 태어났다 해도 과언이 아니다. 노는 방법은 여러 가지가 있다. 커튼을 기어 올라가거나 찬장 위에서 뛰어내릴 수도 있고, 즉흥적으로 슬리퍼 잡기 놀이를 할 수도 있다. 슬리퍼를 신고 있는 발이 누구라도 상관없다! 게다가 고양이들은 나이를 먹어도 놀이를 멈추지 않는다. 녀석들은 즐거운 놀이 방법을 끊임없이 찾아다닌다. 이는 녀석들의 타고난 호기심 때문일 수도 있고, 사냥 본능에서 유래한다고도 할 수 있다. 다시 말해 어떤 사물이든, 그 누구든 고양이에게는 모두가 만만한 대상이다.

우리의 고양이 친구들은 가끔 그냥 흘러가는 대로 내버려 두는 일이 얼마나 중요한지를 잘 알고 있다. 그렇다면 순찰할 영역이 있다거나 벽지에 무언가 재미있는 일이 있다면 고양이들은 어떻게 할까?

길을 가다가 재미있는 기회를 포착하면 고양이들은 주저하지 않고 네 발로 휙 잡아챈다.

    녀석들이 어떤 상황에든 몸을 던지는 것(그리고 하던 일을 그만두는 것)은 모두 어디까지나 즉흥적인 태도에서 나오는 것이다. 그런데도 그 결과는 대체로 흥미진진하고 일상생활에서 더할 나위 없는 활력이 된다.

    '이상한 나라의 엘리스'에 나오는 체셔 고양이가 언제나 히죽히죽 웃고 있는 것도 이상한 일이 아니다. 그들은 대부분의 시간을 장난칠 생각에 빠져 있고 세상이 어떻게 돌아가든 별 신경을 쓰지 않기 때문이다.

문학 작품 속에서 고양이들은 변덕이 심하고 충동적이면서도 아주 영리한 존재로 묘사된다.

유럽의 동화 '장화 신은 고양이'를 생각해보라. 이 매력 넘치는 이야기 속에서 고양이는 자기 주인에게 부와 권력을 안겨주고 공주와의 결혼도 성사시킨다. 이를 위해 고양이에게 필요한 것은 오로지 멋진 부츠 한 켤레뿐!

그렇게 분주하게 쫓아다닌 결과 이 고양이는 귀족처럼 호화롭고 재미있는 삶을 보내게 된다.

영국의 옛이야기에 등장하는 딕 위팅턴이 크나큰 행운을 거머쥐게 되는 것도 자기가 키우는 고양이의 뛰어난 쥐 사냥 능력 덕분이었다. 이렇듯 빠른 두뇌회전과 지략을 바탕으로 하는 고양이의 인생관은 망설임 없이 뛰어드는 기질과 연결되어 있을 것이다. 그리고 이것은 세월이 흐른 뒤에도 여전히 유효하다.

순간을 즐기자옹!

현실 속 우리의 고양이 친구들은 (대개의 경우) 우리에게 곧바로 커다란 명성이나 부를 안겨주는 것은 아니다. 하지만 우리 삶에 값을 매길 수 없는 축복을 가져다준다. 녀석들이 우리에게 가르쳐주는 중요한 교훈 중 하나는 긴장을 풀고 즐기라는 것이다. 우리가 규칙적으로 그런 연습을 한다면 일상에서 오는 스트레스를 줄이고 더욱 행복하고 풍요롭게, 장기적으로는 성공적인 삶을 살 수 있게 될 것이다.

EXERCISE
생활 속 어디서든 노는 방법

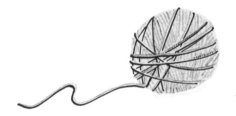

1단계

시작하기 전에 헐렁하고 편안한 옷이나 운동복으로 갈아입는다. 그리고 집을 깔끔하게 치운다. 아니면 마당으로 나가서 하는 것도 괜찮다.

2단계

제자리에서 가볍게 뛰어올랐다가 내려온다. 처음에는 작게 시작했다가 갈수록 있는 힘껏 뛴다.

3단계

점점 더 높이 뛰어오르며 두 팔을 위로 번쩍 들어 올린다.

4단계

트램펄린 위에서 뛰어노는 아이라고 상상한다. 고양이와 마찬가지로 아이들도 즐겁게 놀 땐 팔다리를 아무 방향으로나 마구 휘저으며 논다. 그러니 아이들처럼 따라 해보자.

5단계

공중에 떠 있는 동안 아무 모양이나 만들어보자. 재미있게 즐기며 자신의 허당끼를 마음껏 뽐내보자!

6단계

조금씩 동작을 작게 하고 뜀박질 높이를 서서히 줄이다가 멈춘다.

7단계

"매일 이렇게 장난치며 놀아야지!"라고 말하며 마무리한다.

고양이처럼 살아보기

1
좋은 기(氣)를 찾아서

중국인들은 모든 것이 에너지로 이루어져 있다고 믿는데, 이를 '기'라고 부른다.

동물들은 넘치는 기를 가지고 있으며 고양이는 그중에서도 으뜸이라 할 수 있다. 녀석들은 에너지의 균형을 맞추는 데 능숙하기 때문에 충분히 놀고 새로운 모험을 할 수 있다. 고양이 친구들과 함께 살고 있다면 녀석들이 우리 집에서 '기'의 흐름이 가장 좋은 지점을 알려줄지도 모른다. 녀석들이 가장 편안하게 여기는 장소가 바로 그곳이다.

고양이와 인간이 행복하고 건강하게 살 수 있도록 집 안의 물건들을 정리하자. 그만큼 고양이가 재미있게 놀 공간이 확보되고 우리의 스트레스 지수도 줄어든다. 그리고 사람들도 고양이처럼 즐겁게 놀 수 있는 기회가 더 많아질 것이다!

2

'네'라고 말해요

"네!"라고 말하며 자신의 긍정 에너지를 일깨운다. 누군가가 나에게 어떤 부탁을 한다면 그것이 좀 어렵거나 꺼려진다 해도 열정을 담아 "네!"라고 대답하자. 우리는 종종 자신을 과소평가할 때가 있다. 해보기도 전에 못할 것 같다고 단정 지어버리는 것일지도 모른다.

마음속의 안 된다는 생각을 잠재우고 긍정적인 말을 만들어가며 자신감을 가져보자. 어려워서 낑낑대는 한이 있더라도 적어도 뭔가 다르게 시도는 하게 된다. 자신의 장난꾸러기 본성을 받아들이고 일상에 활기를 불어넣으면서 말이다. 이제 자신감을 갖고 새로운 모험을 시작할 차례다.

3
작은 변화

고양이는 '불'의 에너지로 가득 차 있다. 그러니 녀석들이 고양이 특유의 활력으로 정신없이 구는 것도 당연한 일이다. 고양이는 숙면을 취하며 이 에너지를 충전한다. 연구에 따르면 불은 붉은빛과 노란빛, 금빛으로 구성되어 있는데 집을 이런 색상으로 꾸미면 즐겁고 신이 나면서 성공적인 분위기를 자아낼 수 있다고 한다. 그러니 인테리어에 이 색깔들을 활용하여 불의 기운을 불어넣어 보자.

쿠션이나 덮개, 양초, 꽃병, 커튼 등 알록달록한 소품을 이용해 조그마한 변화만 주어도 분위기를 크게 바꿀 수 있다. 그러면 발걸음도 경쾌해지고 더 많은 재미를 찾는 자신을 발견하게 될지도!

4
즐거운 놀이로 가득 채우기

선물 상자를 하나 골라 신나는 아이디어 종이로 가득 채운다. 나의 일상을 좀 더 즐겁게 만들기 위해 해보고 싶은 일도 좋고 재미있는 말이나 추억, 농담을 적어두어도 좋다. 매일 상자에 손을 넣어 종이 한 장을 꺼낸다. 어떤 아이디어나 제안이 나온다면 일상생활에서 활용해본다. 이를테면 '아무도 보지 않는 것처럼 춤추기'라는 종이가 나올 수도 있다. 그러면 하루 중 언제라도 자신이 좋아하는 노래를 부르며 리듬을 타보는 것이다.

종이를 한 장 꺼낼 때마다 새로운 종이를 하나씩 꼭 채워 넣도록. 그래야 매일매일 신선한 아이디어와 도전으로 가득할 테니!

5
ㄴ 자신을 돌보기

고양이들은 즐겁게 사는 것이 얼마나 중요한지 잘 알고 있다.

녀석들은 즐거운 놀이 시간이 다가오면 망설이지 않는다. 행복한 고양이가 될 수 있다면 무엇이든 가리지 않는다. 고양이처럼 따라 하며 자기만의 시간을 가져보자.

나를 소중히 여기는 시간에 푹 빠져보자. 당신은 특별하니까!

"고대에 고양이들은 신과 같은 숭배의 대상이었다.
녀석들은 이 사실을 잊어버린 적이 없다."

테리 프래쳇 Terry Pratchett

Part **9**

야옹 파워

나의 길을 가련다

무언가를 거스르면서 산다는 것은 힘든 일일 수 있다. 당신이 고양잇과 동물 특유의 신념이 없다면 말이다. 고양이들은 언제나 자신만의 길을 간다. 이따금 애정을 추구하긴 하지만 단호하면서도 자유로움을 잃지 않는다.

자신의 수염을 소중하게 여기는 고양이는 이렇게 말한다.

"네 눈앞에 보이는 것을 좋아하지 않는다고? 그게 너의 문제야."

고양이의 행동 방식을 도무지 이해하지 못하는 사람들에게는 이런 말이 자못 냉정하고 변덕스럽게 들릴 수도 있다. 그러나 진실은, 고양이들은 자신의 털을 매우 소중하게 여기며 그 외에는 어떤 것도 필요치 않다는 것이다. 고양이는 자신을 사랑한다. 그 밖에 더 필요할 게 뭐가 있을까?

허락이란 건 고양이 세계에 존재하지 않는다. 대신 자신의 일(그게 무엇이든)을 하고 자신만의 독특한 스타일로 나아간다. 심지어 그러는 동안 자신이 완벽하게 사랑받으리라 예상한단 말이지!

고양이가 야옹거리는 소리를 잘 들어보라. 어른 고양이는 인간과 소통할 때만 이런 소리를 낸다. 그런데 잘 들어보면 여기에 아주 다양한 억양이 있다는 것을 알게 될 것이다. 올라가는 억양은 질문이다.

"내 참치 어디에 있어요?"

새끼 고양이의 달콤한 야옹 소리는 음식을 달라거나 같이 놀아달라는 것이며, 일반적으로 관심을 구하는 소리는 높은 톤과 낮은 톤이 어우러진 멜로디로 나온다.

고양이들은 '야옹' 소리가 얼마나 큰 효과가 있는지 배워왔다. 가르랑거리기처럼 야옹거리기도 그들에게 원하는 것을 가져다준다. 두드리지 않으면 열리지 않는다옹!

야옹 파워

우리의 고양이 친구들은 자신을 명확하고 직설적으로 표현하는 데 달인이다. 그것도 자신의 매력을 마구 뿜어내면서 말이다. 녀석들은 언제나 마음 가는 대로 진실만을 말한다. 자신의 진실된 목소리를 찾고 싶다면 야옹 야옹이든 커다란 포효든 간에 고양이 세계에서 팁을 한번 얻어보자. 스스로에게 솔직해지고, 자신감으로 무장하여 나만의 길을 가자. 가장 중요한 것은 자기 자신을 사랑해야 한다는 것이다. 왜냐하면 당신은 완벽하니까옹!

EXERCISE
나만의 목소리 찾기

1단계
아무에게도 방해받지 않는 곳을 찾는다. 엉덩이 너비만큼 다리를 벌리고
서서 등을 펴고 어깨의 긴장을 푼다.

2단계
숨을 천천히 마시고 내쉬며 호흡을 조절한다.

3단계
주먹을 약하게 쥐고 '하나, 둘' 리듬에 맞추어 가볍게 가슴을 친다. 그리고
계속 호흡한다.

4단계

준비가 되었으면 "흠흠흠." 하고 흥얼거린다. 가슴에 어떻게 진동이 오는지에 집중한다.

5단계

점점 더 크게 소리를 낸다. 마음이 내키면 흥얼거리는 소리를 변주해본다.

6단계

가능한 한 크게 흥얼거리면서 가슴을 더 빠르게 친다. 여기에 모든 힘을 쏟아 붓고 마음속에 담아두었던 감정과 스트레스를 날려버린다.

7단계

긴장을 풀고 미소를 지으며 "이제 나의 진실된 목소리와 참된 자신을 찾게 되었어."라고 말한다.

고양이처럼 살아보기

1
나의 장점 리스트 만들기

    자기 자신의 사랑스러운 점에 대한 리스트를 작성해보자. 정직한 자세로 나의 자질과 재능, 나를 구성하는 요소를 모두 생각해본다. 도무지 모르겠다면 친구나 가족의 도움을 받을 것. 자기 자신에게는 어려운 일일지라도 타인들은 나의 훌륭한 점을 찾아 기꺼이 인정해줄 테니. 리스트를 적은 종이를 벽에 붙여놓고 날마다 읽어본다. 나의 장점을 매일매일 상기하다 보면 자신감이 올라가고 점점 긍정적인 느낌을 받게 된다. 이것은 결국 나만의 방식으로 살아가는 데 밑거름이 되어줄 것이다.

2

싫은 건 싫다고 말해

싫은데도 거절할 수가 없어 힘든 적이 있는가?

고양이처럼 싫은 건 싫다고 말하라. 양 주먹을 꼭 쥐고 단호한 어조로 "아뇨, 괜찮아요." 또는 "싫어요."라고 거절하는 법을 연습해보자. 거울 앞에서 연습하는 것도 도움이 된다. 거절해야 하는 상황에서 너무 긴장된다면 주먹을 동그랗게 쥐고 숨을 깊게 쉬면서 진실을 말해보라. 그렇게 하면 연습했던 대로 공손하면서도 단호하게 거절하는 데 조금 도움이 될 것이다.

3
새로운 모험을 찾아

마음 가는 대로 할 수 있는 자신감을 찾으려면 몇 개의 단계를 밟아야 한다. 새로운 영역을 탐색하는 고양이처럼 우리도 모퉁이를 돌면 뭐가 있는지 모르고, 그래서 더욱 흥미진진해진다. 일부러라도 나의 주변을 탐험해보자.

한 번도 가보지 않은 곳으로 산책을 간다. 길을 잃어버렸다 해도 걱정할 필요 없다. 분명 당신은 언제나 올바른 길을 찾을 테고 여기서 얻은 값진 경험은 자신만의 독특하고 자유로운 길을 가는 원동력이 될 테니까.

4
자존감

'드래곤즈 아이'라는 돌이 있다. 이 돌은 자존감을 높이는 데 도움을 주고 자신감을 북돋으며 활력을 증진시켜 준다고 알려져 있다. 몸에 지니고 다니면서 발걸음에 생기를 불어넣어 보자!

5
고양이 인테리어

집을 고양이 천국으로 만들어보자. 식탁보, 벽지, 쿠션, 그림 등에 고양이 느낌이 물씬 풍기는 이미지로 장식을 하는 것이다. 고양이의 이미지로 가득한 집을 만들면 고양이의 개성과 정신이 매일매일 눈에 들어올 테고 결과적으로 고양이와 조금씩 더 닮아갈 것이다.

고양이처럼
살아보기

초판 1쇄 인쇄 2017년 8월 31일
초판 1쇄 발행 2017년 9월 8일

지은이	앨리슨 데이비스
그림	매리온 린지
옮긴이	김미선
펴낸이	이희철
기획편집	김정연
마케팅	임종호
북디자인	디자인홍시
펴낸곳	책이있는풍경

등록	제313-2004-00243호(2004년 10월 19일)
주소	서울시 마포구 월드컵로31길 62(망원동, 1층)
전화	02-394-7830(대)
팩스	02-394-7832
이메일	chekpoong@naver.com
홈페이지	www.chaekpung.com

ISBN   979-11-88041-05-3 03840

지은이 🐈 **앨리슨 데이비스**(Alison Davies)

영국 전역의 대학에서 교수와 학생, 사회 초년생을 대상으로 '교수법과 학습에 이야기를 활용하는 방법'에 대한 워크숍을 열고 있다. 《벨라(Bella)》, 《소울 앤드 스피릿(Soul & Spirit)》, 《유어 피트니스(Your Fitness)》 등의 잡지에 기고하고 있으며, 《타임스 에듀케이션 서플먼트(Times Education Supplement)》와 《데일리 메일(Daily Mail)》, 《선데이 익스프레스(Sunday Express)》의 부모란, 그 밖에 다양한 잡지에서 그녀의 글을 볼 수 있다. 최근 저술한 책으로는 《자신만의 동화가 되어라(Be Your Own Fairy Tale)》와 《장난꾸러기 마법사(Trickster Magic)》가 있다.

그림 🐈 **매리온 린지**(Marion Lindsay)

잉크와 연필, 컴퓨터를 이용해 어린이책의 삽화를 그리고 있다. 그림이나 패턴을 만들 때 종종 뒤죽박죽 기법을 쓰며 대상이 인간이든, 동물이든, 그 중간이든 상관없이 캐릭터를 만드는 일을 무척이나 좋아한다. 2010년 캠브리지 예술학교에서 어린이책 삽화로 석사학위를 받은 뒤 조이(Zoey) 시리즈와 아시아 시트로가 쓴 《사사프라스(Sassafras)》, 홀리 웹의 《메이지 히친스(Maisie Hitchins)》 등 다양한 어린이책의 삽화를 그려왔다. 어린이 의류 브랜드 그루비즈(Grubbies)의 스카프 등 패턴과 디자인을 만드는 일도 하고 있으며 정기적으로 캠브리지셔 도서관과 협업하여 어린이를 대상으로 그림 교실을 열고 있다.

옮긴이 🐈 **김미선**

중앙대학교 사학과 졸업 후 미국 마켓대학교에서 커뮤니케이션으로 석사학위를 받았다. 다년간 여러 출판사에 어린이 · 청소년책을 소개하며 책과 인연을 맺었다. 현재 번역에이전시 엔터스코리아에서 어린이 · 청소년책 출판 기획 및 전문 번역가로 활동하고 있다. 주요 역서로는 《디즈니 무비동화 : 모아나》, 《프레지던트 힐러리 : 세상을 변화시키고 싶은 꿈과 열망의 롤모델》, 《Disney 주토피아》, 《어두운 건 무서운 게 아냐!》, 《안 입을 거야!》, 《아홉 시에 뜨는 달》이 있다.

"나는 고양이가 구름 위를
사뿐사뿐 걸을 수 있다고 장담한다.
아래로 빠지지 않고 말이다."

쥘 베른 Jules Verne